De la même Autrice :

Romans grands caractères en **Police 18** :

- **Le Mas des Oliviers,** *BoD,* 2022
- **Le cadeau d'Anniversaire,** *BoD,* 2022
- **Autour d'un feu de cheminée,** *BoD,* 2022
- **En cherchant ma route,** *BoD,* 2022
- **Le hameau des fougères,** *BoD,* 2022
- **La fugue d'Émilie,** *BoD,* 2022
- **Un brin de muguet,** *BoD,* 2022
- **Le temps des cerises,** *BoD,* 2022
- **Une Plume de Colombe,** *BoD,* 2022
- **La dame au chat,** *BoD,* 2022
- **Un secret,** *BoD,* 2022
- **La conférencière,** *BoD,* 2022
- **L'étudiant,** *BoD,* 2022
- **Un week-end en chambre d'hôtes,** *BoD,* 2022
- **L'héritière,** *BoD,* 2022
- **On a changé de patron,** *BoD,* 2022
- **Un automne décisif,** *BoD,* 2022
- **Disparition volontaire,** *BoD,* 2022

***

Romans grands caractères en **Police 14** :

- **BERTILLE L'Amour n'a pas d'âge,** *BoD,* 2021
- **BERTILLE Les Candélabres en Porphyre,** *BoD,* 2020
- **BERTILLE, Les lilas ont fleuri,** roman, *BoD,* 2019
(d'autres parutions à venir... voir le site de l'autrice)

Romans et livres **Police 12** :

- **La Douceur de vivre en Roannais**, roman, *BoD, 2018*
- **Une plume de Colombe**, nouvelles, *BoD, 2017*
- **New York, en souvenir d'Émile**, roman, *BoD, 2017*
- **Croisière sur le Queen Mary II**, roman *BoD, 2016*
- **La Villa aux Oiseaux**, roman, *BoD, 2015*
- **La Retraite Spirituelle**, roman, *BoD, 2015*
- **Recueil de (Bonnes) Nouvelles**, *BoD, 2014*

***

Aventures Jeunesse (9-14 ans) :

- **Farid, la Trilogie**, *BoD, 2014*
- **Farid et le mystère des falaises de Cassis**, *BoD, 2009*
- **Farid au Canada**, *BoD, 2009*
- **Farid et les secrets de l'Auvergne**, *BoD, 2009*

***

Thriller religieux :
- **In manus tuas Domine...**, *BoD, 2009*

Site de l'auteure : www.isabelledesbenoit.fr

© Isabelle Desbenoit, 2022
Édition : BoD – Books on Demand,
info@bod.fr
Impression : BoD – Books on Demand, In de Tarpen 42, Norderstedt (Allemagne)
Impression à la demande
ISBN : 978-2-3224-3714-6
Dépôt légal : mai 2022
Tous droits réservés pour tous pays

UN WEEK-END EN CHAMBRE D'HÔTES

Isabelle Desbenoit

Nous sommes ravis : c'est quand même gentil, les enfants se sont cotisés pour nous offrir un week-end en chambre d'hôtes dans une maison de charme pour nos vingt ans de mariage. Ce genre de « *box* » que l'on trouve un peu partout dans les magasins maintenant et qui promettent des séjours inoubliables. Paul et Amandine sont au lycée et ont fait du jardinage chez le voisin et les jumelles Clarisse et Manon, encore au collège, ont donné une partie de leur argent de poche.

Avec François, cela nous a beaucoup touchés. Les grands ont assuré que nous pourrions partir tranquilles, ils s'occuperaient de tout en notre absence : faire les lessives, la cuisine, aider leurs petites sœurs dans leur travail scolaire et les garder jusqu'à notre retour. Nous savons bien que nous pouvons leur faire confiance. Paul est en terminale et Amandine en seconde, ce sont de grands ados qui savent être responsables. C'est donc le cœur léger et remplis de reconnaissance que nous les laissons tous les quatre et que nous partons pour cette belle maison qui nous attend dans le Gers à deux heures de route de chez nous.

— Cette demeure en pleine nature avec ce beau jardin verdoyant et cette piscine chauffée... On va se régaler, dis-je à François qui semble aussi heureux que moi.

— C'est vrai que nous prenons peu de temps pour nous, c'est un tort, tu te souviens la dernière fois que nous sommes partis seuls tous les deux ? me demande mon époux.

— C'était pour aller au mariage d'Estelle et Ludovic, je

crois. Julie était venue garder les enfants à la maison. En même temps, ce n'était pas un choix de notre part mais nous étions un peu obligés, cela fait cinq ans déjà...

Nous réalisons combien nous avons négligé de prendre du temps ensemble et combien ce séjour va nous faire du bien. Être juste tous les deux, dans un cadre magnifique, ne rien avoir à faire, à penser, à réfléchir... Pas de programme établi, prendre le temps de vivre, tout simplement.

Il est dix-huit heures quand nous stoppons notre petite citadine dans la cour de cette belle ferme rénovée : la façade est entièrement fleurie de roses grimpantes blanches et de géraniums roses et rouges : c'est une splendeur.

— Bonjour ! Entrez, je vous en prie...

Notre hôtesse nous accueille sur le pas de la porte. Elle est habillée simplement d'un jean et d'une chemisette, elle a des lunettes rondes et un regard clair.

— Voilà, au rez-de-chaussée, il y a la grande pièce à vivre.

Nous découvrons une salle spacieuse au plafond assez bas qui a dû être une étable, les mangeoires en bois ont été conservées sur le côté droit de la pièce et servent pour le rangement ou pour exposer des objets. Car des objets, il y en a partout, un vrai musée : des vieux outils, des casseroles en cuivre, des services en porcelaine... Les murs sont recouverts de tableaux, d'assiettes décoratives, nous ne savons plus où regarder. Les meubles sont rustiques et reluisent.

— Je vous laisserai le temps d'admirer le salon quand vous serez installés, nous propose notre hôtesse, je vais vous montrer votre chambre.

Madame Durand se campe sur la première marche du petit escalier en bois qui occupe le côté droit de la pièce et nous demande si nous avons apporté nos pantoufles.

— Vous pouvez également marcher en chaussettes, je l'accepte aussi, précise-t-elle.

Un peu interloqués mais obéissants, nous ouvrons la valise et y cherchons nos petites babouches de voyage que nous enfilons rapidement pour ne pas faire trop attendre Madame Durand. À peine sommes-nous déchaussés que celle-ci, voyant François empoigner la valise, lui recommande de ne pas la tenir du côté droit si cela est possible car cela pourrait endommager le crépi blanc de la montée d'escalier.

François change de main et nous montons derrière Madame Durand en nous jetant un coup d'œil amusé... En arrivant sur le palier, des patins en feutre nous attendent ; voyant notre hôtesse qui est elle-même en pantoufles, en prendre une paire, nous faisons comme elle et nous glissons dans un couloir en parquet ciré sur quelques mètres ; à droite, une porte et une vaste chambre avec un grand lit de cent soixante et des meubles superbes qui brillent autant que ceux de la salle à manger. La chambre est aussi surchargée que la pièce principale en objets de décoration divers et tableaux. Une grande tenture au mur sert de tête de lit, une armoire à glace, une commode, deux fauteuils tapissiers mais point de table ou de bureau.

— Voilà, explique Madame Durand tout en se penchant pour

enlever le lourd dessus-de-lit, il s'agit d'un dessus-de-lit de décoration, je vais vous l'enlever, il y en a un dessous sur lequel vous pourrez vous asseoir.

Je m'empresse d'aider la maîtresse des lieux à plier le tissu et nous découvrons effectivement en dessous, le bleu d'un tissu bouclette. Les dessus-de-lit que l'on avait en colonie... Facile à laver et bien plus ordinaire... Poursuivant ses recommandations, Madame Durand nous explique qu'il est interdit de mettre quoi que ce soit sur la commode à part dans les deux vide-poches qu'elle y a posés pour ne pas la rayer. François a tout juste osé poser notre valise à même le sol et ne bouge pas. Elle nous montre ensuite la manière d'ouvrir les rideaux pour fermer les volets : c'est à droite et non à gauche car sinon cela risque de déchirer le tissu qui est coincé de ce côté-là par un anneau.

Toujours en glissant sur les patins, nous découvrons ensuite les toilettes, la deuxième chambre et notre salle de bains commune. Une dizaine de recommandations diverses suivent : ne pas tirer la chasse d'eau la nuit sauf en cas de nécessité, ne pas faire de bruit dans les couloirs, ne pas jouer du piano dans la salle commune, c'est juste un meuble de décoration... Puis notre hôtesse nous indique comment aller au restaurant le plus proche et nous fait redescendre avec elle. Nous comprenons qu'elle attend que nous partions dès qu'elle nous aura montré le jardin et la piscine.

Descendre, se rechausser puis écouter sagement : la balancelle, oui, on peut s'y asseoir mais ne pas se balancer trop fort pour ne pas l'endommager. Ne marcher que dans les allées pour ne pas abîmer les jolis parterres de fleurs.

En arrivant vers la piscine, les consignes fusent. Ne pas entrer sur le dallage qui est entouré par une barrière en bois en chaussures mais uniquement en claquettes ou pieds nus. Ne pas oublier sa serviette en haut et n'entrer dans l'eau qu'une fois s'être douché et savonné dans le pool house... Madame Durand continue à parler mais je n'écoute plus, je regarde le magnifique paysage qui s'étend loin à l'horizon, les prés et les champs plantés de céréales qui ondulent dans le vent, les petits chênes et autres arbustes, les haies d'un vert lumineux. Le ciel est moutonné de beaux nuages blancs, la lumière est si belle...

— Voilà, c'est entendu, n'est-ce pas ?

— Oui, Madame, bien sûr, répond François qui semble avoir été plus attentif que moi.

Quant à moi j'opine du bonnet avec un large sourire... Madame Durand nous reconduit jusqu'à notre voiture comme s'il était évident que nous devions maintenant partir manger au restaurant. N'osant pas la contrarier nous montons dans l'auto et nous nous éloignons. Après une centaine de mètres, nous nous regardons et nous éclatons de rire. Un fou rire inextinguible, à gorge déployée comme nous n'en avions pas eu depuis longtemps.

François se tient au volant, il roule à vingt à l'heure tellement il rit. Heureusement, il s'agit d'une départementale et il n'y a pas un chat. Dès qu'il aperçoit un chemin creux, il s'arrête et se laisse aller sans retenue à son hilarité. Combien de temps dure notre fou rire ? Je ne saurais le dire, on hoquette, on en pleure, mon ventre me fait mal tellement je ris... Quand nous arrivons enfin à nous arrêter, François me dit :

— Prenez les patins !

Et nous voilà repartis à rire, mais à rire...

— J'attire ton attention sur le règlement intérieur, lui lancé-je dès que je peux reprendre ma respiration. Ne pas faire de bruit, ne pas tirer la chasse la nuit sauf en cas de nécessité !

Ça y est, on repart de nouveau, allons-nous arriver à nous arrêter ? Je tends un mouchoir en papier à François qui en pleure tellement il rit...

— Bon, il faut quand même qu'on le trouve ce restaurant... Tu vois, François, Madame Durand bat à plate couture ma grand-mère qui était pourtant si méticuleuse.

— Jamais vu ça... Je ne sais pas si les clients reviennent après ce déluge d'interdictions et de directives... Tu as vu le règlement intérieur qui est affiché dans la chambre, il y en a deux pages...

— Les enfants vont bien rire quand ils comprendront le cadeau très spécial qu'ils nous ont fait...

François m'embrasse avec tendresse et nous repartons.

— Ce que je me demande, c'est comment cette dame arrive à faire chambre d'hôtes alors que visiblement elle ne supporte pas que quelqu'un vive chez elle...

— Tu sais, les emplois sont rares dans ces campagnes, elle n'a peut-être pas le choix, me répond François avec bon sens.

— Elle me semble proche de la retraite... Effectivement, c'est peut-être le seul moyen qu'elle a trouvé pour avoir un revenu suffisant.

Nous voilà arrivés dans le village voisin où nous nous garons près de l'église, le restaurant est juste à côté. Nous nous installons dans cet établissement coquet où l'accueil est chaleureux. Quel bonheur de prendre ce moment rien que tous les deux à parler de tout et de rien, dans l'insouciance ! J'ai quand même envoyé un SMS aux grands pour savoir si tout allait bien : Paul m'a répondu d'un laconique « tout est OK, bisous », c'est tout lui, ça... Ce n'est pas un bavard, mon grand. J'ai rangé mon portable dans mon sac et me suis promis de consacrer le repas entier à mon petit mari sans plus y penser. De toute façon, s'il y avait quelque chose d'important, nous serions prévenus...

Une entrée délicieuse faite d'un œuf poché sur un lit de légumes variés cuits mais froids, accompagnés de trois fines tranches de boudin de pays, une caille farcie et de délicieuses frites maison avec, en dessert, un clafoutis agrémenté de coulis de fraises et de chantilly... Après un bon café, nous nous baladons main dans la main dans le village qui possède quelques jolies maisons à colombages et une fontaine en pierre dans un petit jardin public très fleuri.

La nuit est déjà tombée quand nous regagnons la maison de Madame Durand. Celle-ci lit le journal dans son fauteuil, elle nous souhaite le bonsoir et nous lance en nous voyant nous déchausser « N'oubliez pas les patins » !

— Oh ! l'on ne pense qu'à ça... me murmure François à l'oreille, l'hilarité a fait place à l'agacement...

Une fois dans la chambre, nous nous installons et nous préparons pour la nuit non sans quelques appréhensions. Va-t-elle toquer à la porte pour nous donner une recommandation qu'elle a oubliée ? Le lit est un peu ferme mais de bonne qualité, nous nous plongeons tous les deux dans un roman, nous n'avons pas spécialement sommeil. Soudain, alors que nous lisons déjà depuis un moment, François se penche vers mon oreille.

— Que dirais-tu d'un bain de minuit ?

— Tu es fou, on va se faire pincer par la propriétaire !

— Mais non, je suis sûr qu'elle dort à poings fermés, elle nous attendait tout à l'heure mais j'ai entendu qu'elle est montée tout de suite derrière nous. On met nos maillots, on s'enroule dans une serviette et on y va directement sans faire de bruit... On a bien le droit d'utiliser la piscine quand même...

Je suis sur le point de me laisser convaincre, plus pour faire plaisir à mon mari que par réelle envie... L'appréhension d'avoir des remarques de la propriétaire m'ôte toute spontanéité, moi qui d'ordinaire adore nager.

— Allez viens, on y va ! On racontera ça aux enfants, il faut bien qu'on y aille dans cette piscine, ils ont choisi cette chambre d'hôtes pour cela, insiste François.

Ce dernier argument fait mouche, nous nous relevons et enfilons nos maillots de bain sans bruit. Je revêts le peignoir léger que j'emporte toujours en voyage et François s'enroule dans la seule serviette qui fait le tour de sa taille. Il en prend une plus petite sur les épaules et nous voilà partis. On ouvre doucement la porte de la chambre... On stoppe dans le couloir mais ce que nous entendons nous rassure. Notre propriétaire ronfle fort, sa chambre est à l'extrémité du couloir (on le savait car un grand panneau « privé » en interdit l'accès) mais nous l'entendons quand même. Nous échangeons un sourire et dévalons les escaliers en faisant le moins de bruit possible. François tient sa lampe de poche à la main, il a un peu de mal à ouvrir le volet de la porte qui grince fort. Nous attendons un peu mais rien ne bouge, Madame Durand n'a pas l'oreille fine, heureusement !

Nous voilà bientôt près du bassin, l'eau y est bien chaude, nous nous y glissons directement en sautant l'étape de la douche savonnée avec bonheur. Nous avons fait notre toilette tout à l'heure d'ailleurs ! Quel plaisir que ce bain nocturne... J'allonge des brasses tandis que François, sur le dos, contemple les étoiles en faisant de petits battements de pieds. Nous profitons une bonne heure de l'eau et c'est vers seulement une heure du matin que nous regagnons sans encombre notre chambre, non sans avoir pris une petite douche pour éliminer le chlore. Nous nous essuyons soigneusement pensant que notre hôte remarquera peut-être les traces d'eau à l'intérieur si nous ne le faisons pas.

— Ah là là ! quand on va raconter ça aux enfants, ils vont bien rire, me dit François en se glissant dans les draps.

— Dis, j'espère que Madame Durand ne remarquera pas que

nous sommes sortis, sinon gare !

— Ne t'inquiète pas, nous avons tout remis en place, elle ne peut rien deviner, me tranquillise mon mari.

— Finalement tu vois, ce n'est pas si désagréable tous ces interdits, cela met un peu de piquant ! Comme quand nous étions à l'école et que nous faisions quelques bêtises ! m'assure François que ce bain ne semble pas avoir fatigué.

— Je tombe de sommeil, mon chéri, tu peux lire si tu veux, je crois que je vais m'endormir dans la seconde...

Mon mari m'avouera qu'il a fini son livre et ne s'est endormi que vers trois heures ; après tout, nous sommes en week-end ! Pour moi, je ne fais qu'un somme et me réveille vers huit heures trente grâce à la sonnerie du portable que nous avons pris la précaution de programmer ; il ne faudrait pas être en retard pour notre hôte qui a dû déjà dresser la table du petit-déjeuner, j'ai d'ailleurs une faim de loup après nos exercices de natation nocturnes ! Nous nous douchons rapidement dans la grande baignoire où il manque la bonde, c'est-à-dire qu'elle sert essentiellement de douche... En voilà une astuce pour économiser l'eau ! Nous descendons à neuf heures pile, comme convenu avec notre hôte.

La table est dressée dans la salle à manger. Madame Durand nous accueille aimablement et nous sert du chocolat pour François et du thé pour moi. Elle nous demande si nous prenons du jus d'orange ; sur l'affirmative, elle va remplir un petit pot à la cuisine, il n'est pas sur la table... Puis, elle nous souhaite un bon appétit. Je pensais qu'elle n'avait pas mis le reste mais si, tout y est : une plaquette de beurre individuelle de dix grammes, une minuscule coupelle de confiture, et une demi-baguette coupée en fines tranches.

Pas de viennoiserie, pas de yaourts ou de biscottes. Nous avons vite fait de manger tout ce qui est à notre disposition. François me regarde d'un air effaré, lui qui a un solide appétit le matin, cela ne va pas lui suffire... Je remarque ma serviette en papier minuscule, là aussi il y a matière à faire des économies... Pour l'eau chaude de mon thé, j'ai quand même de quoi faire, c'est déjà ça !

— Dis donc, si l'on partait

maintenant ? Pour la piscine, son protocole m'assomme, elle va nous surveiller, c'est sûr... Je n'ai pas envie de rester ici plus longtemps, et toi ? Et je te paierai un vrai petit-déjeuner ailleurs, me chuchote François qui semble vraiment en hypoglycémie.

— Si tu veux, de toute façon, je ne me sens pas à l'aise ici... Et moi aussi, j'ai encore faim, je l'avoue...

Nous remontons prendre nos affaires et nous voilà sur le départ, Madame Durand nous rappelle que nous lui devons treize euros quarante car nous avons pris la chambre avec le lit de cent soixante et il y a un supplément de dix euros et qu'il nous faut aussi payer la taxe de séjour. François sort quinze euros de sa poche et lui dit de garder la monnaie... Notre hôte semble ravie et nous remercie, elle nous raccompagne à la voiture en nous souhaitant une bonne journée...

Ouf ! Nous voilà libres comme l'air, sans chaussons ni patins, nous nous sentons mieux... Nous nous arrêtons dans un café à la ville voisine distante d'une vingtaine de kilomètres : on nous sert un vrai petit-déjeuner avec croissants, pains au chocolat, choix de confitures et œufs à la coque sans oublier des rillettes de pays ! Nous voilà calés pour la journée entière !

Nous établissons notre programme avant de repartir : la visite d'un cloître du douzième siècle, nous adorons les vieilles pierres...

Ensuite, nous rejoindrons un village de caractère où des artistes sont installés et ont ouvert des boutiques : émaux, peintures, poteries et travail du cuir, vêtements artisanaux. Je trouverai bien un petit quelque chose pour chacun des enfants pour les remercier de leur délicate attention... Le reste de la journée se passe délicieusement, l'air est si doux, le soleil est là, nous avons tout notre temps... Les visites nous enchantent, tout nous parle...

Nous réalisons combien ces moments de complicité nous ont manqué, il faudra vraiment que nous continuions à nous retrouver ainsi, à deux, régulièrement, sans les enfants. Peut-être un dîner au restaurant par mois pour commencer ?

Nous n'avons plus besoin de baby-sitter maintenant... François voit plus grand et échafaude un plan pour les vacances : pendant que les grands seront en camp scout, pourquoi ne pas proposer à Manon et Clarisse de partir chez leurs parrains et marraines respectifs ? Ou chez une amie... Et pendant ce temps-là nous envoler pour une semaine, sur un vol pris en dernière minute, il y a des séjours très bon marché maintenant... C'est sûr que nous devons mettre de côté pour les études des enfants et faire attention au quotidien mais bon, en traquant une bonne affaire ! Mon François a des ailes et me transmet son enthousiasme, cette discussion sur une possible escapade à deux au mois d'août nous occupe pendant tout le voyage du retour.

***

Ce matin, les enfants sont partis au collège ou au lycée, François a rejoint son entreprise et je me mets à ma table de travail, comme d'habitude. Je me repasse le film de la soirée. Nous sommes rentrés vers dix-neuf heures, les enfants avaient préparé une table de fête et fait des tonnes de crêpes. Ils avaient mis des bougies, de la musique. Ils avaient fait le ménage partout, rangé leurs chambres...

Comme quoi, de les laisser deux jours leur a fait apprécier notre compagnie et l'on sent bien qu'ils sont tout heureux de nous retrouver. Les agacements du quotidien, les récriminations des mauvais jours sont bien loin. La famille se retrouve avec plaisir, les enfants nous sautent dans les bras, même les deux grands, on dirait que nous sommes partis depuis un mois ! Ils sont ravis des petits cadeaux que nous leur rapportons : pour Clarisse et Manon, chacune un poncho tissé multicolore pour mettre dans leur chambre l'hiver car nous chauffons seulement à dix-neuf degrés par mesure d'économie. Pour Paul, un joli stylo, il adore écrire et pour Amandine un sac à main bleu roi tout à fait original. Nous avons passé une excellente soirée en famille, nous leur avons raconté notre périple et, nous qui leur enseignons toujours à être charitable et ne pas dire du mal des autres, nous n'avons pas été très exemplaires...

François mimait ses déplacements sur les patins, il faisait semblant de descendre les escaliers sans bruit. C'était tellement bon de voir nos enfants riant à gorge déployée alors on en a un peu rajouté... J'ai joué Madame Durand, en forçant un peu le trait.

Encore toute dans la soirée d'hier, je n'ai pas du tout la tête à travailler, à me remettre au roman historique que je rédige depuis quelques mois. Je soupire, que faire ? Je sais bien que lorsque je suis dans cet état, il est inutile de me forcer... J'ouvre un nouveau fichier et j'écris le titre d'une nouvelle : « *un week-end en chambre d'hôtes...* »

Vous avez aimé ce roman ? Vous aimerez...

Isabelle Desbenoit

UN SECRET

18 GRANDS CARACTÈRES